AF483989

El Cristo de La Carpio

Erick Jarquín

Editorial EVA

EL CRISTO DE LA CARPIO

Índice

DÍA PRIMERO

Se abrió el cielo y se llenó de estrellas, oscurecía tan temprano en esos días… Entre marzo y abril parece que los nubarrones sobre el Monte del Aguacate ahogarán más temprano la tarde, pero ese viernes estaba despejado y aún así oscurecía temprano. Los buses de La Carpio regresaban repletos de gente al precario, la mayoría olía a sudor rancio mezclado con una bañadita de jabón *Desotres*. Muchos trabajadores de construcción, jaladores de fruta en el mercado, secretarias, domésticas, ladrones, vendedores ambulantes, interminables categorías de trabajadores sin oficina, sin bufete, sin club social al cual acudir después del trabajo… Todos medio dormidos, extenuados, como sonámbulos. Ese grueso de los ticos y nicas que no pasan desapercibidos en un partido de fútbol, pues desahogan la ira contra uno y otro millonario del balón o la suerte, esos muy pocos de tantos que visten con la camiseta de su jugador preferido y que ves una y otra vez rondando la vitrina de las tiendas en la Avenida Central, galanteando a duras penas sus deseos máximos, comprar la ropa de moda so pena de quedarse sin comer. Aún cuando van cansados anuncian con sus celulares la llegada a casa tras teclear un mensaje: "lla yegue", pues la mesa siempre estará lista y servida para el que trabaja.

El bus va repleto de gordinflonas que fueron al mercado a traer algún mandado, a sacar alguna cita de hospital o a dar vueltas fuera de las cuatro paredes que representan un barrio lleno de pintas. Al regresar el bus, la calle sigue asediada de mocosos que mejenguean de 50 para un lado y 55 para el otro, pues algunos no quieren perder y se cambian de bando según el resultado del partido. Maniobrando entre la chiquillada aterrizan en grupos de veinte los carpienses, quienes tras comprar una sopa instantánea o llevarse unos plátanos para freír, salen despavoridos para la casa a encerrarse, a ver la tele, a planchar uniformes, a preparar el almuerzo del día siguiente. ¡Tantos que vienen y vos que apenas vas saliendo! Apenas maquillada, modestamente vestida, cómoda, pues la noche es larga. Presa de un horario atravesado.

5:58 p.m. Como que hoy todas las estrellas salimos juntas…, a ver qué pasa…, a ver si se decide…, o a ver si me estrello.

6:01 p.m. Nada que aparece la lata y este bulto que pesa tanto… que venga rápido…, no soporto ver a aquellos malditos jugándose la vida en la ruleta. Mientras no se les ocurra venirse a sacarme las tripas en uno de sus talegazos. Brutos, brutos, mejor hicieran algo de provecho, ve que pedir plata para suicidarse. Bueno, mejor harían volándose la jupa. Pobres mamás, pobres carajillos, maldito barrio que quita toda esperanza.

6:15 p.m. ¡Qué chofercito! Desde que anda enredado con aquella güila no hay carrera que pegue. Pobre chiquilla ilusionada con el dis que sexapil de ese jetas, acostumbrado a ensalzar a las más bonitas e inocentes. Un zorro viejo que las sienta a la par de él en cada carrera para irlas cuenteando. Pobres, porque tienen que tragarse el desasosiego de puros sátiros que todo lo cuentan en sus tomatingas y luego las dejan panzonas… y si te vi, no me acuerdo.

Pobres chiquillas que andan buscando un tata, un alguien que las admire, que les regale un piropo bonito, que las haga sentirse deseadas y no simplemente utilizadas. Lamentablemente en eso son especialistas estos mal nacidos.

6:18 p.m. Al fin, ahora sí viene apurado, un polvito de 10 minutos, más duró quitándose la ropa…

De nada me sirve tanta rezongadera, nada gano haciéndole mala cara, ni les importa, si el viaje de ida a San José se va casi vacío; volando porque nadie los para, van como asesinos a sueldo saltándose los semáforos, con tal de llegar a toda prisa a cargar el bus en el mercado. Dentro de la bala de latas retorcidas, cuántas veces no me he tenido que tragar la plática de borrachines que al verme sola me meten conversa. Sola porque decidí esta carrera noctámbula, esta fábula de una vida en el olvido. Los únicos que me acompañan siempre son los dolidos visitantes del Hospital México, pobrecitos, cargando con culpas de ver una madre enferma o un tío agonizante. A ellos se les olvida el mundo cuando se meten dentro de sus pesares. Van de vuelta con la ilusión de que al volver a visitar a su ser querido, éste los vuelva a ver y les pueda reconocer, al menos. Y yo me quejo…, he vivido ocultándome entre las sombras de este viaje sin que nadie del barrio se de cuenta de que también me juego la vida. Pero lo mío no es tan difícil como vivir al borde de un abismo. El abismo que entretejen esos pendejos drogadictos que ojalá tuvieran alguna oportunidad, un sueño. Lo mío no es tan indeseable como la muerte de una madre, una abuela, una hija en una cama de hospital agonizando a la media noche, acompañada por el tétrico recinto de camas escarapeladas y sábanas llenas de sorullos. Lo mío es solo una telenovela, una fábula donde mi galán nunca llega y se queda varado en el desahogo de una noche perversa.

6:52 p.m. Por fin, no veía la hora de llegar, las presas al final de la pista para entrar a la Sabana son cada vez peores. Y el Paseo Colón repleto de semáforos "inteligentes" que alargan mi agonía.

***

A LA CURVATURA DE TU ESPALDA

De un santiamén saltó de la Avenida Central hasta la Segunda
y allí, para rematar, se acuclilló en una banca de la Merced. Esta
iglesia la impresionaba, era un templo que dejaba pasar poca luz
entre los vitrales dándole una atmósfera de intimidad. Poco visi-
tada, se sentía en comunión con el creador de todas las cosas, las
buenas y las malas. Además sentía que estaba hecha a su medi-
da, pues entraba y salía por la compuerta de madera del costado
norte sin que nadie la viera, perdida entre un mar de gente que se
amontonaba en esa esquina de vendedores de lotería, cajetas, fru-
tas y otros tantos ambulantes. En el íntimo silencio de un templo
repleto de imágenes, no lúgubres sino apaciguadas por el tiempo,
dolorosas quizás, se sentía acompañada por seres iguales a ella,
vírgenes calladas que guardaban su intimidad entre el rezar de
una banca dura y un púlpito solitario. Vírgenes de quienes no se
conoce más que su piedad.

La Merced pocas veces se llenaba, estaba siendo consumida
por una ciudad cambiante, repleta de injusticias y muda ante ver-
dades de indigentes, de putas, de vagos sin destino, sin curia, sin
fe o religión. Un templo de una iglesia muda ante las necesidades
de los que a diario pasaban al frente. Pero era su respiro diario, su
momento de huirle al morbo de la profesión. Una puta bendecida
por Dios, una puta con conciencia social, una puta que entrega
su cuerpo, pero que santifica su alma diariamente con velitas, decenas de velitas como la obsesiva pasión de sus clientes habitua-
les. Con una súplica o plegaria pegada a la mente, ¡concédeme la
fuerza de espalda necesaria para este oficio! que si pierdo el toque,

pierdo el sustento. Pierdo los clientes guapos que me hacen el camino más liviano, pierdo a los que buscan estos movimientos que los ponen a sudar como candela derramada de un segundo a otro. Como las velas que se queman en este santuario botando esperma al fondo de la caja donde habitan tantas velitas encendidas. La Merced es también la cueva que la desfigura y la transforma. Entre las bancas y un pequeño espejito se va llenando del colorete que les encanta a sus clientes. Los pómulos rojizos de quinceañera, los párpados celestes como el cielo y los labios repletos de rojo como la sangre que los hace explotar. Quién diría que la muchacha que todos creen que es una empleada de fábrica nocturna, se transformaría en esa mujer deseada por todos. Porque en eso se convierte cada noche, en una mujer deseable, llena de vigor para retar la noche. El silencioso templo le da las fuerzas necesarias para la transformación. Se ha convertido en un bocado exquisito.

Algunas veces se desviste en el baño de la Merced, las pocas ocasiones que lo tienen abierto. En el estrecho cuartito se pone las lentejuelas o las mini faldas, las borrachas, el pacholí, las prensas con las que se amarra el pelo y ese montón de joyas plásticas que hacen ruidos desesperantes en la cama de sus clientes. Los zapatos de tacón rojos con fajitas que se amarran a la pantorrilla, se los pone muchas veces con la ayuda del reclinatorio de la banca en donde también se da los retoques finales, polvos sobre los pechos y detrás de las orejas o el recorte de algún bello incómodo sobre los lunares del cuello.

***

ATRAPADO DONDE ASUSTAN

Cuesta de Moras 6:05 p.m.

El Plenario Legislativo está caldeado, los diputados siguen debatiendo sobre la ley que faculta a ciertos comerciantes a meter productos extranjeros exonerados de impuestos, compitiendo directamente con las versiones nacionales. Conocía perfectamente el problema, su padre se había metido en el negocio alguna vez y desistió por los márgenes tan ínfimos de ganancia. El único consuelo era que cuando a la hora del pago de los impuestos se reportaban pérdidas y no ganancias. Para él los cafetales seguían siendo el mejor negocio del mundo, aunque ya muchos amigos de su padre los estuvieran convirtiendo en urbanizaciones. Fue precisamente el café lo que le permitió estudiar arte en París, conocer decenas de nuevos artistas locos por un café preparado en su bachelor, un café de su propia plantación, gourmet por supuesto, mezclado con arte contemporáneo.

Café en manos gigantes sobre senos descubiertos, chispeantes, desbordando cataratas de agua entremezclados con líneas absurdas de colores nunca antes enlazados sobre el lienzo europeo, celestes con cafés, turquesas, naranjas y verdes como los pericos o las hojas tiernas de los cafetos. Había llevado al viejo mundo un pedazo de su tierra y un sorbo le bastaba a más de una para posar sin vergüenza tras sus lienzos.

Es que el café tico tiene sus texturas, sus mágicos aromas que te transportan al otro mundo, como ese coito que se repite en cada taza. Cargado te hace temblar, como tiembla la tierra que lo produce y los volcanes que lo acidifican.

Recuerdos del viejo continente le permiten huir de la bohemia de la discusión sin sentido, como negación de la realidad, mientras otro colega diputado desbarata la ley y sus incoherencias o trampas para favorecer a unos versus otros; y el resto del quórum hace caso omiso de lo que dice. Lo que importa es la línea del partido. El cejudo enardecido parece querer reventar los parlantes con tal de que lo escuchen, dejar patente el disgusto comunista, mientras las señoronas y señorones conversan del nuevo corte de pelo de sus nietos, las críticas a una artista hollywoodense y hasta el agrandamiento de pechos de una compañera diputada que se hizo blusitas más descotadas para mostrar las pecas sobre su tráquea y esternón. Alfredo, quien vivió los goces de Europa, se encuentra hoy atrapado en el cuadrilátero burocrático de un país en el que se debaten a diario el número de muertos en carretera, los asesinatos a sueldo y las inversiones millonarias extranjeras.

Parque Nacional 6:06 p.m.

El Parque Nacional es un sitio apacible por las tardes, una pareja se besuquea en medio de la fuente mientras se pierde el sol entre los cables de la ciudad. Las enfermeras del Calderón salen en carreras para tomar los buses a Tres Ríos, Curridabat o Cartago, por lo que su paso por el parque suele ser una carrera y gozo, después de estar encerradas todo el día entre los muros del hospital. Otros dos juegan ajedrez sobre una mesa de cemento, se ponen de pie, se sientan, se paran, se sientan y la partida parece tan emocionante que no hay quien no les deje de mirar aún de lejos. Otro chiquillo corre detrás de una bolsa plástica que se le fue a la mamá que venía de hacer un filón en la farmacia del Hospital o el Tribunal.

Con las primeras luces encendidas de los mercurios llegó hasta el parque Magdalena, adolorida por los tacones que atravesaron cansados la Avenida Segunda y Central hasta la cuestita de la Asamblea, que se comunica con el Parque. Es aquí donde comienza su travesía nocturna, es justo aquí, en uno de los poyos (banquetas de cemento) del parque donde espera a sus amigos, los que la premian con oro y plata pagando sus ademanes, cínicos movimientos de cintura, roces suaves de piel y bellos desnudos; la labor artística y bárbara de sus quejidos y gritos, aullidos de dolor y satisfacción. Es aquí donde esperan encendidos sus pechos por el frío que corre a través de la calle, como los gritos que la convierten en una fiera insaciable. Si la noche es mala o se han olvidado de ella, se puede ir para los bares que están cerca, incrustados entre graffiti político, dibujos obscenos, carteles de conciertos de metal, desfiles y pasarelas en traje de baño, o festivales de cine alternativo.

Ahí la vida es abundante y se desconectaría instantáneamente del universo, del plano material inmundo con un solo ácido que intoxique de inmediato su cerebro, alucinando viajes edénicos al son de música y espacios destellantes sin tiempo o escenario. Se soltaría el sostén y se entregaría a algún pipi solo por el placer de devorar carne joven. Con suerte, el bruto se dejaría morir agotado después de la zornaqueada y se atrevería a bolsearlo. Pero es viernes y su loco artista no tardará en venir. Le fascina, pues es el único con modales de caballero y sabe darle "su lugar de mujer". Bajarse a abrirle la puerta del carro, reservar la habitación desde antes o besarla en la mano. Sí, eso le fascina, cuando la besa en la mano.

—Dices que no crees en la magia o la brujería y, sin embargo, besas mi mano prometiendo fidelidad.

Son esas tonterías las que la vuelven loca, las que la ciegan, las que la hacen aguantarse el frío de la noche en este parque desierto. Parece que el frío del poyo de cemento le comenzó a subir por la cintura y la espalda, parece ser el punto que soporta toda su resistencia "la curvatura de su cintura".

***

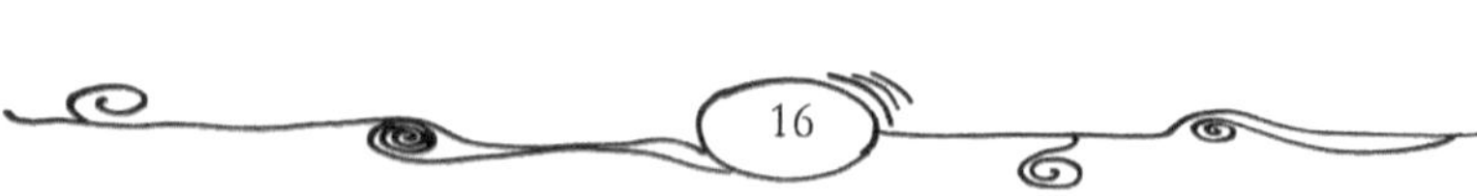

ROSA DE CAFÉ

Pasó otra cogida, enero y febrero repletaban los camiones de granos rojos y robustos. Los últimos cheques, pagos del beneficio por las cargas del grano, llegaban hasta la oficina de Don Alfredo Jiménez, gamonal oriundo de Turrialba que supo llenar de café todas las montañas que pudo. Su café tenía la acidez del Irazú, el aroma de la campiña y la estampa arábica que merece todo buen cosechador, cuya apuesta por una variedad modificada fue el detonante de su buena fortuna. Todo cuanto se alcanzaba a ver, aún desde el punto más alto era suyo y de los suyos, el río y sus nacientes, la escuelita, la plaza de fútbol y las casitas de bloques prefabricados de sus jornaleros. En su despacho tenía ventanas gigantescas que daban hacia una de las calles del cafetal, desde cualquier parte de la mesa de accionistas, "los miembros de su familia" podían mirar el atardecer quemando las plantas de café al borde de la montaña y a los enormes árboles de araucaria haciéndole sombra a los cafetos. Todo su despacho estaba lleno de figuras rústicas talladas en raíces de café, extraídas de sus propias matas y sillas cubiertas de cuero curtido de sus mataderos.

—Don Alfredo, ¿se te ofrece algo más?— preguntó Brígida, su asistente fiel, quien le conocía mil aventuras y que en los tiempos no digitales le ayudaba a contar los fajos de billetes que descansaban sobre su escritorio, para cambiar y pagar con monedas o tiquetes a los recolectores nicas, ticos y capataces de las tantas cuadrillas.

—No, no se me ofrece nada, puede retirarse… regáleme otro

güisqui.

—Alfredo, estás tomando mucho.

—¡Va seguir jorobando, pa´qué me cuida tanto! Gallo viejo con el ala espanta.

—Gallo Viejo, eso sí, no cacaraqueés tanto que te nos podés ir, ve que…

—¿No se estaba yendo?

Brígida había sido por muchos años su confidente y amante, la mujer en quien mayor confianza depositaba, ella incluso firmaba los cheques de pago al contador, los de insumos y hasta escogía el color de los camiones para jalar frutos. Ella había manejado la plantación los días en que por culpa de un paro cardíaco Alfredo Jiménez tuvo que recluirse en la casa de la ciudad donde se habían terminado de criar sus hijos antes de ir a la universidad y enredarse con el mundillo citadino. Hasta allí ella le enviaba al mensajero con fajos de billetes para comprar, al contado, medicinas, para pagar las visitas del médico de la familia, o para los habanos cubanos que tanto le gustaba encender a escondidas durante su convalecencia. Fue Brígida quien tuvo que agarrar las riendas de las fincas, justo cuando estaban repletas de florcitas blancas que anunciaban una buena cosecha. Echarse al hombro semejante churuco y por encima de tanta responsabilidad, también cubrir al gamonal Alfredito y a la pecosa de su hermana, quienes no dejaban de pasar las American Express de la empresa en todos sus viajes de "negocios".

Aún con esto, de los muchachos no tenía queja. Ellos eran dulces con ella y con todos los jornaleros, pues habían nacido en cuna de oro, nunca sufrieron necesidad que los amargara y por eso no eran tan odiosos. Pero sí eran torteros, creía ella por el descuido de sus padres que nunca tenían tiempo para sus retoños.

Alfredito "Junior" Jiménez era un loco, le encantaba bromear, desacomodarme el pelo y apretujarme mientras me robaba alguna papita o un beso en el cachete. Su hermanita era una soñadora llena de ilusiones, esa chiquilla vivía como en otro planeta, apostando a cambiar el alma despiadada de su padre al que le sacaba plata por todos los rincones. ¡Cómo le gustó verlo de regreso a su oficina, aún cuando después de la operación a pecho abierto había quedado demacrado! Era en parte lógico, Alfredo era un hombre de edad madura y los años le pesaban. Al igual que la última vez que estuvo apunto de dejar este mundo, y aunque se lo habían advertido tantas veces, el Don encendió su Cohiba junto al güisqui que le dejé sobre la mesa grande de la sala de sesiones, en la misma posición de siempre, con la silla volteada hacia la ventanota en dirección al sol poniente. ¡Qué extraña resultaba la vida para un sobreviviente millonario, dueño de tanto y, sin embargo, tan solo! Su mujer probablemente estaría bailando lambada con algún españolito, pues eso de que estaba enamorada de Barcelona y sus riquezas culturales él no se lo tragaba. Eso se ganan los viejos de plata por vivir arreglando sus matrimonios.

Su hija lo sacaba de quicio, a cada rato lo llamaba por más plata, se metía en negocios tontos, como con una fábrica de vinos por la que le hizo cortar varias hectáreas de café. Cuando se cansó de eso se puso a sembrar mini vegetales y ahora quería sacar gasolina del agua de unas pipas. Mientras que el tata, un grandísimo estúpido, financió todas sus ocurrencias. Al menos Alfredito sacó la cara por la familia y se hizo diputado…, cómo le costó al viejo sentarlo en esa curul. ¡Condenados políticos, por la plata baila el perro! Alfredito, Alfredito, ese sí salió a los Jiménez, con buena pinta, lástima que… Entre las curules de la Asamblea y los despachos legislativos no se hablaba de otra cosa más que de las nalgas de Alfredo. Emperifolladas doñitas llegaban a la casa de los sustos, no sin antes hacerse copetones en el pelo.

Es que las distinguidas diputadas y sus concejales debatían acaloradamente además, sobre un nuevo salón de belleza ubicado al final del Bulevar de Pavas. Allí sí que se sentían a gusto, pues dos jóvenes muchachotes apelotados por el ejercicio excesivo estrenaron su Spa. Atención personalizada, maravillosos blowers (peinados para ocasiones especiales) y cortes a la moda, pero con la sobriedad del caso que representa ser un líder político.

Uno de los jóvenes que atendía el negocio estaba completamente perdido por las nalgas de Alfredito, soñaba y suspiraba por éstas cuando lo lograba pescar en una entrevista de televisión, tanto que, cada vez que podía les mencionaba a los miembros del gabinete, que también eran asiduos clientes del Spa, su afición por mirarle las pompas al joven diputado.

—El papucho de mi estilista dijo en una ocasión y me consta —agregó una compañera diputada— que hasta se ha cambiado de domicilio para poder verlo más seguido, pero que el único que se pasa asomando por la ventana era su padre, un anciano simpático que de joven debió ser tan guapo como Alfredito.

Las constantes discusiones "apolíticas" de las madres de la patria en el Spa hicieron que de un pronto a otro surgiera ese interés tan asiduo por el diputado Jiménez, quien con apenas un par de meses en el ejercicio, se había convertido en el soltero más codiciado del momento.

— Tiene todo lo que una mujer sueña —intervino una joven asesora—. Es hijo de millonarios, es un hombre hecho y derecho, galán como ninguno, aunque le veo poses de metrosexual, huele rico, huele a rico y esas nalgas…

—Muchacha por favor, Alfredito, "Fred", tiene algo escondido que yo quiero descubrir—a regañadientes la corrigió una diputada que levantaba sus pechos de silicona recién puestos—, me extraña que en tantos almuerzos de campaña y en la intimidad que deparan trasnochadas previas a la elección, "Fred" jamás tanteó nada conmigo y eso que, tantear es un ejercicio que yo practico, simplemente para liberarme del estrés que depara esta profesión, claro está.

A sus cuarenta y pico años, Alfredito no parecía interesarse en gozar del placer que deparaban las miradas entrecruzadas del sexo opuesto, aún cuando, jóvenes asesoras, diputadas, periodistas y tantos otros prospectos lo acosaban a diario. Más bien sufría desgano, y tanto flirteo parecía producirle inapetencia.

Durante sus viajes a Paris vivió del sexo sin restricción, el

puñado de amigotes que conoció practicaba una especie de arte esencial: por tanto él, si necesitaba comer comía "y a sus anchas" degustaba manjares, bebía hasta perder el conocimiento, danzaba en orgías interminables y si en el "corre corre" universitario y cotidiano le placía tener sexo, simplemente llamaba a alguna amiga de la facultad y se la devoraba. Las chicas en Europa lo adoraban, era complaciente, sutil, dueño de una finura real y poseía un exótico olor, que les resultaba indescifrable.

Las compañeras diputadas empezaban a deducir que Alfredito, hermoso rostro, que apareció siempre detrás del candidato presidencial y cuyo discurso era grandilocuente y fascinante pudiese perder sus virtudes varoniles, por intereses muy distintos a los de ellas.

Es más, se extrañaban de que el asesor de Alfredo, Marco Tulio, "Tulito", fuera un hombre cincuentón y no una chiquilla de veinte. Pero ante todo, que Tulito era uno de esos que de lejos parecía y de cerca…, se le derretían los helados. Sí, era un jovial y conversador gay, quien le llevaba la agenda personal al diputado. Desde la campaña, Tulito acompañaba a su patrón en todas sus apariciones públicas e incluso cargaba siempre con una agenda que nadie podía ojear. Una especie de listado telefónico de amigos del diputado, que nadie conocía y no querían ser conocidos.

Su asistente había vivido en Italia y sabía de las andanzas de Alfredo, pues tenían amigos en común, artistas plásticos, activistas, pacifistas, maestros de yoga, criadores de caballos, modistas y tantos otros ticos que se hacen un nombre en tierras lejanas. Todos se encontraban de vez en vez para tomarse un café del terruño en el apartamento de Alfredo, que se había convertido en una especie de mecenas.

De Alfredito se conocía muy poco en Costa Rica, pues durante 10 años de su vida encontró en Europa asilo para hacerse asiduo a su nuevo sentido de "humanidad", una sociedad sin tapujos e indivisiones. Ese espíritu cosmopolita le ayudó bastante en la campaña. Al regresar de Bruselas y París su padre lo matriculó en un partido político para amarrarlo al país y a los negocios de la familia, el Don sentía que los años se le disparaban y además no se acostumbraba a estar solo en la casa de Rohrmoser. Pero Alfredito tampoco se iba a separar de él, pues sentía que tras tantos años de gozar lejos de casa le debía algo al viejo.

Le encantaba sentarse con su padre a fumar y conversar disimuladamente de aventuras amorosas, de cuando el tata perseguía a las chiquillas que iban a dejar almuerzos a los jornaleros o de los largos viajes en camión para descargar el café en Heredia, y de esos regresos nocturnos a la finca y los viajes a los centros nocturnos. Disfrutaba que le hablara por primera vez sin tapujos del sexo, del amor, de las mujeres… y a su viejo le fascinaba traer a colación esos temas constantemente, pues a Don Alfredo le preocupaba no conocerle todavía a Alfredito ningún amor, amante o simple aventura. Y lo que más le atormentaba al Don era mirar cómo su hijo salía y volvía tarde a la casa junto a Tulio, un amanerado y mañoso que nunca le decía para dónde iban o venían tan perfumados y bien vestidos.

✳✳✳

MI VIRGEN DESNUDA

Terminó la carrera, ya había ido y venido a San José no sé cuántas veces, se cansaba de contar las repetidas travesías entre la humarasca del centro y los olores hediondos de la basura que llevan a La Carpio. Era la oportunidad de visitar por última vez a la mocosa, la chiquilla a la que le estaba cayendo. Por la tarde le pasó a dejar unos helados de palito—eso las mata— y aprovechó para "pegarle unos besillos". Como siempre se devuelve a las 6:40 p.m. de San José, sabe la hora exacta en que su suegrita regresa. A la doñita la tiene palabreada y no hace más que hablarle de su prominente carrera como músico de salón.

Este galán de la carretera es conocido como Fernandiño, porque una vez entre la tomatinga con sus compañeros del oficio en el que está obligado a trabajar para sobrevivir, perdió la cordura y empezó a rajar, exagerar sobre una de sus aventuras amorosas. Los compañeros lo bautizaron Fernandiño porque siempre "la sacaba del estadio" con sus habladurías. No era para menos, Fernando Durán llegaría algún día a pegar una canción en la radio, con el dinero generado por los múltiples discos y derechos de autor, se haría productor de películas donde se convertiría en director, actor principal y hasta extra simultáneamente. Ya había escrito varias líneas, principalmente de Cumbia Sonidera, en las que hablaba de su amor por una chiquilla quinceañera a la que le encantan los helados de natilla y los versos de su canción. *Dame mamita un poquito de tu heladito, yo te lo regalo y te lo quito. Por ti, mami estoy loquito, loquito. Chiquilla.*

Esperó un poco más del tiempo usual en la parada de buses para ver si llegaba la suegrita, quien probablemente tuvo que quedarse trabajando o simplemente se fue de fiesta. De por sí, era viernes. Aprovecharía para encontrarse con la güila, le caería de sorpresa y esta noche la convencería de ir a dar una vuelta y luego dios sabe qué más podría pasar.

Aunque alardeaba de ser un gran conquistador, Fernandiño no era más que un romántico empedernido que hacía de la vida misma una canción. Con el bus repleto de gente corrió como despavorido a la terminal. Cada vez que frenaba por culpa de las presas en la pista, los pasajeros le recordaban al chofer que no estaba en la Guácima y que se dejara de pendejadas. Uno que otro nica le gritaba asustado por las vueltas que daba en la rotonda del Puente Juan Pablo II. No había ni siquiera llegado al Canal 6 y ya todos los pasajeros se querían bajar. Otros le gritaban que mejor fuera a correr al parque y algunos atrevidos incluso le decían que pidiera trabajo en el Parque de Diversiones si quería correr tanto. Fernandiño volaba sobre el manubrio hediondo del bus, solo pensando en su chiquilla… Bajó la cuesta y la recta que lo llevaban hasta La Carpio, haciendo que sus pasajeros perdieran la noción de la gravedad y los que iban cargando bolsas plásticas con trastes vacíos del almuerzo pegaran en el techo del bólido. Arrasando entró al barrio sin atender a los timbrazos o a la luz roja que se encendía 500 metros antes.

—Pará degenerado, pará bruto, paraaaaá animal—. Estaba sordo y perdido.

En la primera curva que hizo el bus en la entrada de La Carpio, cayó en cuenta de que la gente tenía que bajarse para poder entonces entregar la lata, su unidad motorizada y entonces sí partir hasta la casa de la güila. Su nublada visión de lo que podría pasarle esa noche lo hizo olvidar las cuentas del pasaje, la placa y hasta la espuma de monedas, todo lo dejó en la cabina estrecha del bus, junto con un par de sombrillas y un suéter delgado de alguno de los pasajeros que salió despavorido. En la guantera del bus guardaba una colonia *Drakar* con la que se bañó hasta el pelo, se puso las cadenas de plata que guardaba ahí mismo y que se quitaba al manejar, pues sentía que con el sol de la tarde le quemaban el cuello. Se subió los pantalones, se apretó la hebilla, que también se aflojaba y hasta se afeitó en seco.   Caminaba apresurado, casi corría hasta la casa "de su hembrita", pero no perdió la oportunidad de comprarse un paquete de cigarros y un encendedor en la pulpería totalmente enrejada que quedaba a las tres casas de su güila.

En la puerta del abastecedor por donde pasaban un par de chiquillos con largos bolis de color rojo y morado encendió el primer cigarro de la cajetilla y brindó con humo bendiciendo el destino que lo llevó hasta ese momento. Caminaría solo unos metros con el cigarro encendido pensando en lo afortunado que sería convirtiendo en mujer a la chiquilla a la que había venido convenciendo. Por fin, llegó hasta la casa de portón maltrecho sostenido por alambres enroscados y lo deslizó hacia adentro. Para su sorpresa la puerta de latas que daba hacia un callejón lateral estaba abierta. "Linda galán", pensó, entraría por la cocina, como en las películas, para sorprender a su nena. Es probable que por costumbre, aún con el peligro de dejar la casa abierta, ese portón estuviera así para que la mamá entrara a diario sin avisar. Aprovecharía esa confianza y luego le diría a la nenita que su mamá ya le había contado del portón sin tranca. Desde la cocina se oían secuencias del Chavo en un televisor a todo volumen encendido en la sala, donde también había un par de chancletas mal puestas. "Probablemente habrá salido en carrera al baño", pensó. Así que aprovechó para quitarse los zapatos y cambiarle al canal. De inmediato se escucharon voces en el cuarto, como susurros y la de su chiquilla que gritó: maaaamí.

Fernandiño que estaba absorto en los pechos descubiertos que se presentaban en un programa de televisión apenas a las siete y pico, bajó el volumen del aparato y fue al cuarto de su güila, allí la encontró aún encendida, totalmente desnuda, jadeante, atareada buscando las prendas y escondiendo bajo la cama los zapatos tenis de Aguacate. La jovencita no sabía para dónde agarrar, su mamá le había dicho que vendría tarde y que no se preocupara en dejarle nada para la cena, se iría a dar una vuelta con los compañeros de trabajo.

Contempló el pequeño cuerpo, con senos que más bien parecían tajaditas de limón, de piel trigueña y cabellos despeinados. Sus pies descalzos estaban sucios y su cara con pintura desparramada hacia los lados, mientras que de frente derramaba más gotas de angustia que de cansancio. No pudo hacer más que verla, verla temblar, verla hacerlo sufrir. Aguacate salió por debajo de la cama con un puñal hecho de una segueta vieja. Era un hampón de poca monta, que se había convertido en el dueño de las esquinas del barrio. Aguacate, porque dicen que la marihuana que vendía estaba llena de semillas. Ese malandrín ya había resbalado varias veces con la policía a la que tenía bien adiestrada, nunca se metían con su pandilla y a quien pescaban con sus dosis rapidito lo soltaban.

Muchas de las rencillas en La Carpio se resolvían a cuchillazos y pistola, sobre todo cuando se defendía un territorio para vender droga o asaltar. Esta vez estaban los tres metidos en un cuarto sudoriento con aire espeso, solo mirándose y amenazándose con las pupilas dilatadas defendiendo la virginidad de una güila. Aguacate no podría enfrentarlo desnudo y drogado, a él en semejante estado no le temía. A Fernandiño le daba más miedo la venganza de sus súbditos, capaces de volarle la cabeza a la chiquilla a quien vio por primera vez desnuda. Lo que quedaba de su virgen desnuda. Sin correr, sino más bien caminando, sin perderlos de vista salió del pasillo que daba al cuarto, se puso los zapatos y se fue por la penumbra hacia la puerta principal no sin antes apagar el televisor que transmitía un suceso sin precedentes, el periodista decía a la cámara completamente anonadado que un joven había matado a otro porque no le quiso dar un cigarro. Ya afuera del rancho que antes le pareció un edén, dejando atrás el portón, encendió otro cigarro y se fue a la parada de buses más cercana, justo donde tomaba el servicio su suegrita… Iría a San José, se tomaría todas las cervezas del mundo y luego contrataría una prostituta del Key Largo o algún otro antro.

Terminó sentado en una fuente de piedra de San José, desorbitado, frente al Hotel Aurola Holiday Inn. Todavía sobrio, todavía ebrio, consciente e inconsciente esperaba que fueran las nueve al menos para arrancar la fiesta en tributo a su despecho. El agua lo serenaba, al igual que el agua de las lágrimas estúpidas en su cara.

Magdalena se moría de frío en el poyo del Parque Nacional y su cliente de los viernes no aparecía. Los lunes eran en esta temporada de abril un tanto inciertos, no había estrés más grande que el suyo, los otros días de la semana también se pronosticaban con probabilidades de lluvia. Adoraba ver en la tele que Max anunciaba, con esos ojos iluminados de cielo, que ese día no llovería o que solo estarían oscuros el Pacífico y la Vertiente Atlántica.

—No se pronostica lluvia en la Meseta Central— qué bendición, qué lujo de trabajo inclemente.

La lluvia en el trabajo callejero es una bofetada divina al oficio de pasearse por las aceras sin poder sentarse, para que las nalgas no se mojen. A ningún cliente le gusta sentir un trasero mojado y a ella tampoco le agradaba mojárselo pues es el comienzo de una gripe segura. Martes y miércoles eran más fáciles para el trabajo, los bares están abiertos y se puede guarecer en la entrada, pescar algún corbatudo medio tomado, que no duraría mucho en eyacular, algún universitario a punto de casarse, al cual le celebrarían su última noche de soltería o festejar el asenso de otro galanazo que al momento de cogerte solo te hablaría en inglés. Los jueves eran de fijo para Alfonso, un viejito diplomático que se tragaba las viagras delante de ella y con quien se reía a carcajadas, el oficio protocolario lo hizo bastante lengüiabierto y viperino, conocía el teje y maneje de los entretelones políticos. Sabía por ejemplo con quién se acostaba el ministro tal y por cuál las secretarias babeaban, conocía también a Alfredo, su galán de los viernes y por supuesto a Tulito, quien los presentó meses atrás.

Cualquiera se imaginaría que la vida de toda prostituta es dura, dura y repleta de penas, de reproches, de mea culpas. No, no, no, para Magdalena la cosa era muy diferente, ella se santiguaba cada tarde y se auto consolaba diciéndose a sí misma, que el destino le puso en su camino esa vida. Aplicaba una lógica de sucesos concatenados que la condujeron hasta esa piadosa procesión y trataba de enfrentarla sin amargos, aunque a muchas de sus compañeras les pareciera una vía dolorosa. El destino le había otorgado un cuerpo divino, esbelto, apetecible para cualquiera. Unos pechos de miel, labios de rubí y piel de pétalos. Tanto que hasta su propio padre no se había resistido a la tentación de tocarla y desbaratar el único lienzo de su obra que podía considerarse divino. A él lo secundaron primos, amigos del padre, amigos de la madre, amigos del barrio, amigos de amigos. Hasta ese momento no cobraba, todo era por vanidad, por cumplidos y elogios a su belleza, por favores de guaro del tata, por deudas en la pulpería de la mamá, por probar carne fresca con los primos, por saberse mujer con los mirones. Para el viejo era la preferida, la que podía ver el televisor en la cama hasta más tarde, la que despertaban con beso en la cama, la que usaba el paño de su padre al salir del baño. El destino había sido también el culpable del desalojo de la finca donde vivían, de que no volviera a ver a su madre y de que tuviera que hacerse cargo de tantos hermanos que a la cuenta los llamó pin 1, pin 2, pin 3… hasta pin 8.

En la marimbita no había edades, cada quien era responsable de sí mismo, pero cuando el hambre apretaba el abdomen era ella quien buscaba el pan a como fuera. Era la mayor y su padre estaba bastante enfermo para trabajar a diario. Tenía una gangrena en la pierna izquierda y por un tiempo fue bastante útil, pues la lucía entre los transeúntes de la avenida y los choferes que por quitárselo de encima le daban las monedillas que les sobraban en la guantera del dash. Su padre jamás se consideró un mendigo, al contrario, se creía poeta y profeta, recitaba a los cuatro vientos sus cuartillas, decía que las monedillas no pagaban el precio de su gran talento y en caso extremo acudía a versículos del Antiguo y Nuevo Testamento para advertir sobre el fin del mundo y las bondades para los más desprovistos de comodidad. Quizá sea por eso que Magdalena jamás consideró indigno cobrar por el sexo, ella también le susurraba a sus amigos al oído los mismos versos y versículos que su padre le recitaba, pero a diferencia de su progenitor el precio era discutible antes de arrancar la máquina. Hay placeres que no todos son dignos de recibir, hay placeres que no cualquiera es capaz de pagar, hay placeres de placeres, como el placer de servirle a usted, solía recitar justo después de los primeros calambritos. En todo caso, se las había arreglado para salir adelante, a cargo de toda la catizumba que un día de tantos su padre le dejó y a los cuales fue educando y colocando a su modo. Uno en un taller mecánico donde empezó lavando tuercas, el otro en una peluquería donde ahora ella se arregla el pelo, las uñas y los cayos. A otros no los pudo salvar de la tentación nocturna y los tiene guardados en la penitenciaría, por querer simplemente las cosas, "los placeres", que no cualquiera es capaz de pagar. Los dos más chiquitos siguen con ella y los atiende como hijos propios, se cambió de barrio, de precario, de un rancho a otro, de un guindo a otro, de un precipicio a un hueco, terminó presente y ausente en La Carpio donde la vida le corre sin prisa. Los más chiquilines crecen inocentes, ellos no merecen conocer la historia de sus días ni de cómo partieron sus padres y las nefastas noches entre las latas escandalosas. A ellos los saca adelante con estudio, a ellos les da lo que jamás le dieron a ella. A los más enanos de la familia les habla del valor del trabajo y el estudio, de lo que cuestan los útiles, andar con zapatos y cuadernos de portadas en alto relieve. Les inventa historias sobre los malabares que tiene que hacer en la fábrica, donde pronto la harán supervisora y ya no tendrá que trabajar los fines de semana.

***

VIERNES DE AUROLA CONCEPCIÓN

Tenía suerte de que su cuerpo aguantara tanto el frío, qué frío hacía esa noche. Su cuerpo era una inversión constante, cada seis meses la vacuna contra la gripe, los exámenes del sida, las vitaminitas…, bueno y por supuesto, los vestidos, los hilos, zapatos y hasta las piedras escandalosas.

Ya habían parado un par de camionetas polarizadas para llevarla de fiesta, pero Magdalena seguía esperando a Alfredo.

—¿Qué putas se habrá hecho?—. Incluso desde un vocho le gritó una de sus amigas: Magaaaaa, jaleeeee.

Magdalena es conocida como "Maga" por las otras muchachas del ambiente porque usualmente adivinaba con minutos y segundos cuánto duraría un fulano encaramado en la cama. Se convirtió en Maga cuando atinó con un tipo que solo duró 14 segundos de precoz insistencia. Esa noche aunque la tarifa era fija le hizo descuento, pues por otro lado había ganado una apuesta con otras tres amigas que triplicaba la suma mentada.

No se iría para otro lado hasta que apareciera Alfredo, era viernes, su día exclusivo, su noche de desquite, su polvo con estrellitas alumbrando el aura que envuelve a los cuerpos que sudan compenetrados.   Alfredo no aparecía y las nalgas se le congelaban en el poyo y las sombras empezaban a bajar de los árboles sacudidas por el viento con el amarillo de la luz neón de los pocos postes de la avenida. Muchos vehículos del parqueo legislativo ya habían dejado vacío su nicho con placa mortuoria en la oscuridad nocturna. Pero aún seguían parqueados varios carrotes turbo blindados de doble tracción con llantas de lujo y vidrios polarizados como el de Alfredo, donde ella disfrutaba a sus anchas pues hasta podía ver de reojo los últimos trailers del cine en el televisor chiquito pegado al asiento delantero. Era viernes, abril, verano con agua, pelos de gato, noche, hambre, sed… y no aparecía. Se le vino a la mente un sándwich lápiz con aguacate de la Churrería Manolo´s, un pedazo de pollo frito, una tajada de pizza, un helado de palito, no, un helado de palito no. Estaba haciendo mucho frío como para comer helado. Ya casi se le entumían las piernas cuando en la esquina se dibujó la sombra de un caballero encorbatado que la llamaba a su encuentro.

—Pssst, psst…, psst.

Era Tulio, que le pedía que cruzara la calle para hablar con ella. Tulio conocía muy bien de modales, pero se ponía "al mismo nivel de aquella mujer". Así que prefería que fuera ella quien cruzara la calle. Tulito tenía meses, años de no cruzar una calle caminando, pues desde que ocupaba cargos de asesor sólo viajaba en el asiento trasero de carros lujosos, como esos políticos que suelen hacer sus giras en toyotonas para apantallar a los votantes.

—Apurate, apurate mujer, que está haciendo mucho frío, vengo del plenario donde está aquello que arde. Alfredo me mandó a decirte que lo esperaras, que apenas pueda se safa. Hoy se emocionaron los jefes y están gritándose y diciendo tonteras para desacreditarse unos a otros y como sabrás Alfredito se ha convertido en el ave fénix que resucita la esperanza del partido. Ahí de mediador. Esperalo un ratito que va a salir loco de tanto barullo y seguro que vos me lo ayudás a relajarse. —Mmmm, a relajarse—, advirtió Tulio que la jaló hasta al parqueo legislativo y la encerró en el carrote para que esperara sin pasar tanto frío.

Luego de media hora, sintonizada con todas las perillas de la nave, vio aparecer a Tulio que por las noches hacía las veces de chofer y se adelantó a interceptar a Alfredo en la entrada del pasillo que conduce al parqueo para luego perderse en la penumbra de la estación al Atlántico, Fanal, El Morazán. Esta noche no irían lejos, Tulio había reservado minutos antes una habitación en la azotea de un hotel gigantesco frente al Morazán, donde además cenarían. El viaje en la toyotona era acogedor a su lado, se le acomodó en un costado y sintió por primera vez en su vida ser feliz a la par de un hombre. Al menos eso quería pensar. El vehículo entró directo al parqueo del hotel sin que nadie se percatara de sus placas oficiales. Maga saludó al oficial de turno quien de vez en vez le llamaba un taxi al final de la noche y en un elevador del servicio subieron hasta el penthouse, discretamente entraron al cuarto. Pese a todo, sí fueron observados por alguien que trataba de esconderse entre las sombras. Un hombre que orinaba uno de los muros contiguos a la entrada del parqueo. Observó el rostro de Magdalena detenidamente y la reconoció. Era inconfundible, decenas de veces había mirado sus ojos a través de su retrovisor, que estaba repleto de calcomanías con mensajes que rezaban "Cristo es mi salvador" a la par de una con las conejitas de Play Boy y otra que decía "Soy Saprisista de corazón".

***

TANTRAS

Alfredo estaba un poco cansado y disperso esa noche, parecía estar más interesado en las noticias del televisor, donde una de las periodistas que lo idolatraban dijo que Alfredito sería sin duda el próximo candidato presidencial. Ya adentro Maga se sirvió un güisqui con hielo y se sentó a la par de su amadísimo amigo, a la par del televisor esperando ver en las imágenes luminosas a Alfredito, pero todo era puro bla, bla, bla, comerciales y lentejudas flacas escuálidas con pechos descomunales.

Los favores comerciales para Alfredo trascendían el ámbito sexual. Muchas veces él llegaba extenuado y solo deseaba que ella se le sentara a la par, le sirviera un trago o lo abrazara mientras dormía. Creía a menudo que lo único que deseaba de ella era no sentirse solo, y ella compartía con él ese sentimiento. Ese deseo satisfecho a su lado la llevó a amarlo en secreto, no se puede amar a los amigos del sexo, es malo para ellos, es malo para sí misma. Cuando el sexo se convierte en amor pierde el ardor y la locura, se transforma en caricias innecesarias y en palabras que sobran. Cuando se vende sexo lo único necesario son los quejidos y los acomodos.

Cuando Alfredito la tomaba en sus brazos la hacía disfrutar, ambos se acariciaban, ambos se seducían, juntos se degeneraban. En el sexo competían por llevarse a los extremos. Siempre supo que Alfredo había probado muchos otros cuerpos, pues disfrutaba enormemente el gozo de los sudores y olores, de las insólitas posiciones, de las acrobacias y de los besos. En particular de los besos, pues a sus otros clientes jamás los besaba, sabía que el principal hilo químico del enamoramiento eran los besos. Y sin embargo, con Alfredo se besaba, se besaba todo, desde la frente hasta una nalga o las corvas, talones, pechos, entre piernas…

Este viernes en particular Alfredo estaba disperso, algo rondaba por su cabeza, algo lo suspendía en el cielo raso. Magdalena se posó al pie de Alfredo y desabrochó la jareta de su pantalón incitándolo a empezar la faena, pero este sujetó su mano deteniéndola. No se la quitó, la mantuvo algunos instantes sobre sus genitales y posteriormente la comenzó a pasar por el resto de su cuerpo. Hoy él dirigiría la función, desde buena mañana había dominado el circo, había apaciguado los ánimos enardecidos de varios de sus compañeros de fracción y las noticias por primera vez decían que sin duda contaba con los requisitos que se exigen para un candidato presidenciable. La noche también sería suya, también dominaría a la mujer que había frecuentado todos los viernes desde que esa lucha comenzó. Hoy le demostraría el sabor sublime del sexo sin restricciones, le enseñaría a Magdalena su oficio. En el momento en que a él se le antojase gozaría de ella y ella gozaría de él. Su lección de sexo implicaría un poco de sacrificio para él, ya que ella sería la aleccionada, pero estaba dispuesto a sufrirlo en pro de una mujer que hacía todo lo que a él se le antojaba. Se detuvo la transmisión cuando golpearon a la puerta. Un mozo les llevaba a la habitación varias boquitas, charolas con platos de camarón empanizados, galletas con dips rarísimos, vegetales con semillas de marañón y otro montón de platillos que Maga no se atrevió a probar, pues el aspecto la desalentó.

Alfredo quería apartarse de Magdalena, si se enfrentaba a una candidatura no podría ser más el amante de una prostituta. No podría seguir pagando sus favores, no era justo para ella ni para él que dentro de algún tiempo sus encuentros fueran más difíciles.

Aunque siempre lo hacen a escondidas, las perversiones de un legislativo usualmente pasan desapercibidas pues nadie se mete con las familias de dicho abolengo, sus gustos o antojos. El pueblo no se entera de sus viajes al extranjero a menos de que en los pasillos de la Asamblea aprovechen los ratos de ocio para contar a sus colegas sobre el último viaje a Disney World o las montañas de Colorado para que los chiquillos aprendan a esquiar. Por suerte, él no sufría de dichas perversiones y aprendía a gozar del país que abandonó hacía rato. Disfrutaba de los momentos con su padre, los ríos de agua helada que nacían en las montañas de su padre, las corridas en el redondel de su padre, las cabalgatas entre los senderos de la finca de su padre y hasta de la cacería en las montañas vírgenes del parque nacional que colindaba con las propiedades de su padre. Estaba resuelto a dejar a Magdalena, a no volverla a tocar, no besarla nunca más, no alimentar la esperanza en ella. Estaba claro que siempre la había tratado bien, y que ella entendería. Su última noche juntos sería inolvidable para ambos.

En Barcelona eran la 5:00 a.m. y la madre de Alfredo se despertaba con resaca por la fiesta de las noches anteriores a la par de dos hombres jóvenes que desconocía. Se había entrepiernado con ellos y buscaba la forma de mover los muslos peludos que caían encima de los suyos. Alfredo había heredado de su madre, sin duda alguna, una belleza descomunal y un espíritu de aventura ejemplar. Ambos vivían la vida a sus anchas. La mujer se escabulló por entre las sábanas y se fue directo a la cocina, puso a calentar agua y chorreó su café con una de las pantimedias que se encontró en el suelo. Por un instante le pasaron por la mente los sudores de las noches anteriores, pero pudo más la punzada en su cabeza.   Uno de los jóvenes que se encontraba en la cama se le acercó y le dijo algunas palabras en rumano o algo así. El caso es que no se entendieron, pero juntos tomaron de la misma taza el exquisito café de las montañas ticas.

En el penthouse, la habitación del hotel era gigantesca y al cabo de un rato Maga comenzó a recorrer todos sus rincones.

Se asomó por las ventanas, deslizó su mano por los respaldares de la cama, la tina del baño, las mesitas con espejos…, estaba deseando que él la tocara, que la hiciera suya. Alfredo se levantó y comenzó a seguir sus pasos por la habitación conforme se quitaba los zapatos, se aflojaba la faja y se sacaba las faldas de la camisa. Encendió la luz en la alcoba donde se encontraba Maga a oscuras y la hizo suya. Maga no tuvo tiempo de alcanzar su bolso donde guardaba los preservativos de colores y sabores distintos y se dejó poseer. Juntos, repletos de sonrisas daban vueltas en la cama y hasta se cayeron al suelo en una simulación de la Torre Eiffel. Juntos rodaron por el piso magullándose las rodillas en la alfombra. Juntos botaron un florero dando pataletas de danza al candor de sus abrazos. Juntos se deshicieron, juntos se hicieron uno. En la madrugada un taxi fue abordado en la puerta del hotel por una mujer que reía y lloraba como poseída, se quitaba la ropa y se cambiaba un hermoso vestido por una camiseta y unos bluyines desteñidos. Reía y lloraba rumbo a La Carpio, reía y lloraba, reía y lloraba.

***

DE LAS VISITAS Y LAS POSADAS

Después de aquella noche mágica ella había pasado dos semanas sin necesidad de ir al trabajo. Maga, como todos los empleados que "sirven" al sector público, tenía derecho a sus vacaciones de ley. Y aunque tenía pocos meses de servir al cuerpo legislativo, sus estipendios por servicios íntimos fueron bastante generosos. En realidad hubiera preferido estar trabajando pues durante esos días los más chiquitos de la casa la interrogaban con preguntas rarísimas de estudios sociales y ciencias naturales. Cuánto se lamentaba de no saber las respuestas, de no poderles ayudar con simples tareas escolares. Le llamó la atención entre tanto libro uno que hablaba de un señor bigotudo, un expresidente, Alfredo González Flores. Al verlo se imaginaba a su Alfredito con la misma embestidura. Debía renunciar a él y todo lo que tuviese que ver con él.

Absorta en la lectura o más bien en la fotografía, fue interrumpida por una visita que llegó pidiendo café. Era una vecina entrometida que asustaba con las cosas que decía, una maestra que terminó medio loca y afónica dando clases en escuelas urbano marginales, fue ella quien mirándola a los ojos y con una voz ronquetas le dijo sonriendo "estás panzona". Era inimaginable semejante tontería, ¿de quién sería la torta, de una máquina de coser? Pero la maestra no estaba para que la cuestionaran, sino para tomar del delicioso café que preparaba Magdalena.

Mientras la anfitriona ponía el café en un viejo coffee maker la vecina le contaba sobre el viejillo de la foto. Don Alfredo era muy mujeriego, cuenta la historia, frecuentaba a una dama de la buena vida.   A Magdalena se le cayó la taza que lavaba y la vecina siguió contándole que una vez sus partidarios le dijeron al presidente que tenía que mandar a cercar la Zona Roja para evitar que la prostitución se extendiera, y el mandatario dijo que si tenía que hacerlo el cerco debería cubrir toda la ciudad de San José. A la visita se sumó otra vecina que olió el café recién puesto y entró a la casa esquivando un par de alambres que delimitaban los ranchos. Admiraba a Magdalena por haber recogido a sus hermanitos menores y no haberlos entregado al PANI, y por no criar güilillas como cuila, para después dejarlos abandonados. Pero sobre todo admiraba su café, el que compraba en el mercado, en aquella tienda "que nunca se acuerda donde está". En medio de la conversación era notable la luminosidad del rostro de Magdalena y entonces fue la otra de sus visitantes quien notó que la química había transformado la luminosidad de los ojos de la Maga, su mirada ahora lucía chispeante. Esa misma tarde, pasadas las seis, Maga se fue junto con los chiquillos para una farmacia de La Uruca, se compró una prueba de embarazo y comprobó que efectivamente estaba completa y rotundamente embarazada. A nadie le podía decir con quién procreó la criatura, si lo contase en el barrio de seguro le apedrearían las ventanas y los más afectados serían sus hermanitos que la adoraban, la idolatraban, eran buenos niños, eran buena gente. Tantas cosas le pasaban por la cabeza, si debía contárselo a Alfredo o no, con qué comerían durante su embarazo si su trabajo no permitiría un bulto en el abdomen; si debía revelar el nombre del padre, si la criatura en su vientre debía saberlo.

Alfredo recibió la visita de su padre esa misma tarde en el despacho para decirle que si necesitaba derrochar toda su fortuna para hacerlo presidente lo haría. Pero al igual que el resto de los colegas asambleístas el padre estaba preocupado por la virilidad de Alfredo, pues a la fecha no le conocía ninguna amiga.

—Un presidente necesita de una Primera Dama, de alguien que lo acompañe a las giras, que le permita disfrutar de la vida cuando no se está trabajando—le dijo el padre con morbo—, que te sacuda un poco las...

Alfredo no dijo nada, simplemente escuchó al viejo quejumbroso y agradeció su apoyo para la candidatura. Esquivó el tema de la primera dama y le pidió a Tulio que le sirviera un cafecito a Don Alfredo. El padre un poco exaltado le dijo a Alfredo que esperaba no encontrar a Tulio sirviendo el café la próxima vez que lo visitara. Resulta que Tulito le servía el café, Tulito le ponía el saco para que entrara a la sesiones del plenario y le acomodaba la corbata.

—¿Qué, acaso Tulito te coge también?— replicó Don Alfredo.

Alfredo echó para atrás el sillón de cuero negro de su despacho y se carcajeó…

—No me digás que pensaste que yo…
—Pues qué querés que piense, si a este Juan Vainas lo veo hasta en la sopa y no es nada mío.
—Tranquilo papá, Tulio es mi mano derecha. Hay cosas que no le puedo confiar a nadie y este carajo me ha resultado ser bastante discreto.
—¿Qué, alguna aventura?
—Tulio me resulta mejor que tener una esposa en este momento.

La escueta respuesta dejó al padre sin palabras. Ahora sí que pensaba que su hijo era un caso perdido, otro maricón en la familia. Se refería a uno de sus primos que por tendencias extrañas lo mandaron al extranjero donde se casó con otro chaval igual a él, bueno, con los mismos gustos. Pobre Don Alfredo, tenía todas sus esperanzas cifradas en ese muchacho que se le torció en el camino, su Alfredo, su Alfredito del alma empatado con "Tulito" que de seguro le estaba dando por el tu… Sorbió rápidamente del café que Tulio le había servido rimbombantemente y le pidió a su hijo que lo ayudara a salir del despacho. En la puerta del estudio se quedó Alfredo mirando cómo su padre se alejaba con desilusión y fue en ese momento cuando sintió un escalofrío, una extraña sensación que no había sentido jamás. Era un frío que recorría todo su cuerpo y terminaba revolviéndole el estómago. De inmediato se fue para el baño y vomitó el desayuno, almuerzo y hasta la repostería que Tulito le había traído para que comiera junto a su padre. El joven Alfredo estaba blanco como un papel cuando Tulio lo encontró recostado sobre el sillón negro, era como ver un boceto de grafito sobre papel. Se encontraba con los ojos abiertos pero ausente, mirando hacia el techo. Era la expresión de un rostro boquiabierto, como de rotunda sorpresa, un cuerpo petrificado que recibía órdenes del techo. Alfredo estaba hipnotizado y no atendía los gritos que pegaba su compañero que optó por llamar al 911. Cuando la ambulancia apareció ya Alfredo estaba restablecido, se había comido unos cubitos de azúcar que había importado de Francia. Los paramédicos le tomaron la presión y cuando comprobaron que todo marchaba bien, se devolvieron a la base anunciando por radio una falsa alarma. Tulio le propuso llevarlo a casa, pero Alfredo prefirió que le volviera a reservar el penthouse del Morazán.

Sólo, en el balcón de la azotea miraba la ciudad nocturna, con husmeadores de basura, buses con techos desgastados y repletos de gente, el hermosísimo quiosco iluminado del Morazán y decenas de parejas en el parque abrazándose, besándose, seduciéndose, algunas en posiciones muy eróticas sobre el césped del parque. Le maravilló tanta libertad, como la tuvo él cuando estudiaba en París. Se vino a Costa Rica a disfrutar de la paz y la libertad y sin embargo, se sentía atrapado, víctima de una imagen pública que debía encubrir, era lo más absurdo. Y aunque trataba de no pensar en ella, volvió a su mente como una estrella fulminante sobre su pecho. Esa tarde la había negado, negó su amor profundo por una prostituta a su propio padre quien pensó que era gay.

La noche era serena, soplaba una brisa refrescante y el cielo estaba aunque con algunas nubes corriendo, despejado. Alfredo apuntó sus ojos a una estrella lejana y lloró como un niño perdido. Era un firmamento hermoso de luces tiritando. Alfredo, el más fiestero y extrovertido de la familia Jiménez, amante de los juegos de azar y las orgías europeas estaba perdido y solo lloriqueando por la luz de una estrella fugaz que atravesó la ciudad entre los techos de los bancos y tiendas cercanas. En su cuerpo todo funcionaba bien, era un hombre que siempre se sintió joven hasta esa tarde cuando por alguna razón vio pasar su vida sin sentido. Siempre dijo que la vida hay que vivirla y si tenía dinero era para gastarlo. Pero esa tarde se sintió vacío, completamente sobrio, ajeno a tanta perversión y deseoso de vivir nuevamente pero tomando otro camino. Es la clase de limpieza espiritual a la que se someten algunos ricachones practicando yoga, tai chi, reiky, meditación trascendental y quién sabe qué montón de tonteras más.

Tulio tocó a la puerta del penthouse acompañado de dos machotas divinas como a las diez de la noche y le dijo que no había podido encontrarla. Les había preguntado a todas sus colegas pero parecía como si a la "Maga" se la hubiera tragado la tierra. Las dos chicas que se hacían llamar Chita Girls tuvieron que bajar por el elevador de servicio, sin poder conocer siquiera a su cliente que aún así les dio una sustanciosa propina por el tiempo que habían perdido. La toyotona se fue para Rohrmoser después de la una de la madrugada hasta la casa de Don Alfredo, allí Tulio lo arrastró hasta su cama, pues se le habían pasado las copas, lo desvistió, suspiró al verlo tendido sobre la cama y salió a hurtadillas.

***

LA BENDICIÓN DE LA TÍA

El nuevo día empezó muy atareado para Magdalena, quien se fue hasta Cartago donde su tía, una mujer que había estado recluida en la cárcel de mujeres donde aprendió un oficio digno. La emprendedora señora que pasaba los cuarenta y cinco estuvo encerrada por 19 años. Ahora fabricaba bolsos de mano y cargaba con una panzota, como la que se le veía a la Maga en pocos meses, producto de las comilonas con un guardián en el Centro Penal. Tía empleó a Maga aún a sabiendas de que tenía una panza a cuestas, pues consideraba una bendición de Dios el nacimiento de su criatura y la de ella, sobre todo porque tendría a su lado a una muchacha a la que quería muchísimo y quien podría auxiliarla a ella si hubiera una complicación en el parto por su avanzada edad.

Tía, como muchas le decían, contaba con Magdalena. Si perdiera la vida en el parto de seguro la chiquilla recogería a su bebé y lo sacaría adelante. Amamantaría a los dos pequeños y se criarían como hermanitos. Hasta le dejaría la fábrica para que pudiera ver por ellos.

Para Magdalena, tía era como una madre y aunque nunca le había pedido un favor supo esta vez que se había perdido de mucho por no haberla visto durante los años de encarcelamiento.

Era inevitable que le preguntara a tía por su propia madre. Ésta le dijo que doce o trece años atrás su hermana la fue a buscar a la cárcel para contarle que se marchaba a Estados Unidos y no supo más de ella hasta hace un par de años cuando otra de las mujeres que se fue con ella, le contó que había perdido la vida al tratar de pasar la frontera. Fue la única que murió ese día, víctima de un balazo de la migra. En brazos de su amiga, la madre de Magdalena pidió que cuidaran mucho de su chiquita.

Lo mismo que las otras, esa mujer y su madre eran del mismo barrio, se fueron juntas buscando un mejor futuro y huyendo de la agresión que produce la frustración de no tener nada y aun así perderlo todo. Ambas se conocían desde jovencitas y sabían de sus hijos e intimidades. Por esto la mujer jamás entendió las últimas palabras de su amiga, pues sabía que además de Magdalena, la mayor de las niñas, habían otros tantos más.

Todo el odio y resentimiento que Magdalena sentía por el abandono de su madre se volvió un agudo dolor. Un amor frustrado por el destino, cómo hubiera querido que su madre estuviera a su lado, sintiendo las pataletitas de su bebé en la pancita que ya empezaba a crecer.

Tía la abrazó y juró y perjuró que una suave brisa que entró al taller esa mañana era el espíritu de su madre acompañándola, envolviéndola…, protegiéndola.

***

HAY UN MECATE QUE NOS AMARRA A TODOS

Tulio entró a la pulpería La Nicaragüita a preguntar por ella, pero nadie supo darle razón. Nadie conocía a una muchacha que se apodara Maga. Aún cuando preguntara casa por casa le tomaría meses encontrarla…

Saliendo de la pulpería se trajo abajo a un par de chiquillos que entraban corriendo para comprar unos bolis. Los pesadísimos bultos que llevaban en sus espaldas los catapultó hacia atrás. Cuando chocaron con aquel hombre bien perfumado y que les hablaba aunque angustiado como gatito asustado, lo miraron burlonamente. La más chiquitilla levantó a su hermano jalándolo del brazo y le dijo que se apurara, que Magdalena les había advertido que no podían hablar con extraños.

Tulito siguiendo una corazonada dedujo que "Maga" podría ser el diminutivo de Magdalena. Al salir los chiquillos de la pulpería con unos largos bolis de color morado y verde perico, los siguió de lejos hasta un rancho cercano.

No se quedó mucho tiempo, pues un hombre de mangas arrolladas y chaleco de lana, no calzaba muy bien con aquel entorno. Además se sintió amenazado por un grupo de jóvenes que le lanzaban piedritas tentándolo a perder el control. Él sabía muy bien manejar la situación, pues desde muy pequeño era acosado por compañeros que lo miraban como bicho raro.

El ayurveda y otros tantos sistemas de nivelación y equilibrio mental comenzaban a flaquear con gotitas de sudor que se escapaban de su frente. Rápidamente corrió hasta el carro que ya estaba siendo rondado por varios piedreros y salió espantado.

***

EL ANUNCIO DEL ÁNGEL

Al día siguiente, desde muy temprano se fue otra vez para La Carpio, no sin antes realizar sus ejercicios de pranayama o respiración yogui, que continuó en el vehículo donde tenía decenas de discos de música mundo. Parqueó la toyotona muy cerca del rancho donde habían entrado los chiquillos y aprovechó la espera para leer un libro de Chopra. Presentía que estaba en el lugar indicado, como si algún ángel se lo hubiera soplado al oído. Esperaba a que Magdalena saliera. Hoy lucía radiante, vestido con un conjunto de manta blanca de la India que compró en una feria callejera de Turín. Lo único que le preocupaba era ensuciar sus zapatillas blancas, que calzaba sin medias. Muy pocas veces se las había puesto, pues eran un preciado regalo de un amigo brasileño con quien convivió.

Como a las seis y media, poco más o menos, salió del rancho Magdalena apurando a los güilas que iban para la escuela. Le estaba jalando las mechas a la chiquitilla para tallarle las colas de bolitas plásticas semitransparentes. Al paso le salió Tulio completamente iluminado, pues le pegaba un rayo de luz en la calva. No podía comprender cómo la mujer que vestía de lentejuela por la noche, podría verse tan, tan, "tan mamá" por la mañana.

Maga lo reconoció de inmediato y trató de caminar en otra dirección, pero los chiquillos se sorprendieron y lo señalaron contándole a Magdalena que ese era el mismo señor que los había botado en la pulpería. En pueblo pequeño, infierno grande; resulta que en La Carpio como en otros barrios todo el mundo se conoce, todo el mundo se habla.

Tulio estaba impresionado con la apariencia de la muchacha, que sin maquillaje lucía más hermosa, más radiante, más, más, mamá. Los chiquillos le preguntaron a su hermana que si lo conocía y ella simplemente bajó la cabeza. Tulio estaba ansioso por contarle que Alfredo se moría por verla y que lo relevó del cargo para que expresamente la buscara. Ya tenía varios días preguntando a todas sus amigas, que también la extrañaban, a dónde se había metido su colega. Pero ninguna supo decir con certeza dónde vivía, más que era de La Carpio.

Los chiquillos se le quedaban viendo a Tulio extrañados y este rompió el hielo diciéndoles:

—Su mamá hizo muy bien diciéndoles que no hablen con extraños.

—Ella no es mi mamá—, respondió uno de los pequeños, mientras Magdalena lo jalaba del brazo para que se callara.

—Ella es hermana de nosotros—dijo la otra—. Mi mamá nos dejó botados y mi hermana nos va a cuidar hasta que ella regrese.

Un escalofrío recorrió todo el cuerpo de Magdalena, quien les dio una palmada en las nalgas y les dijo que se subieran al bus escolar que los esperaba en la esquina. Los siguió con la mirada y esperó a que el bus arrancara para entonces sí volver a mirar a Tulio. Los buses escolares en La Carpio no van hasta la puerta de las casas. Tulio le sostuvo la mirada y lo único que acató a hacer fue abrazarla, como se abraza a una amiga a la cual hace mucho tiempo no se ve. Este hombre había estudiado enormemente el poder de los abrazos y cada vez que daba uno sentía que se conectaba por completo. Los abrazos que Tulio daba eran tan reconfortantes para sus amigos, decían que pasaba como una especie de energía viril a través de su cuerpo y eso fue justamente lo que Magdalena sintió. Tulio a su vez percibió algo que lo maravilló. Aquella mujer de cuerpo esbelto que había conocido meses atrás tenía su abdomen abultado. Sin soltarla y hablándole al oído le preguntó si estaba embarazada de Alfredo y ésta asintió con la cabeza. Magdalena se echó a llorar y le pidió a Tulito que no le contara nada a Alfredo, pero Tulio le rendía devoción a su amigo y aparte le picaba la lengua por contárselo. Ya se sentía tío.

Cuando dejaron de abrazarse a Magdalena le corrió como una especie de jalón eléctrico por todo el cuerpo que la hizo desvanecerse en media calle y Tulio que ya había experimentado esos desvanecimientos en algunos de sus amigos, simplemente la tomó en sus brazos y la llevó hasta la casa alzada.

Para la vecina loca de Magdalena, que miraba escondiéndose detrás de la ventana y una cortina floreada, aquel sujeto ajeno al barrio era como un ángel caído del cielo que visitaba a aquella niña maravillosa quien se echó la jarana de sus hermanitos a punta de maquila. Al ver que el ángel la llevaba hasta el rancho en brazos se puso a lloriquear y rezar de rodillas con las manos extendidas, agradeciendo a Dios que un ángel visitara el barrio. No tardaría mucho tiempo para que toda La Carpio supiera que Magdalena era una "virgen embarazada" y ella una loca desquiciada.

Tulio se fue volando para la oficina, en sentido figurado, por supuesto. No sin antes pasar a una tiendita de Pavas a comprar ropita para el bebé. Cuando llegó a la Asamblea Legislativa se bajó con una bolsa gigantesca de mamelucos, piyamitas, calcetines diminutos y hasta ajuar para bautizo. Tenía ahorrados varios salarios y no dudó en gastar hasta el nombre por aquella criatura.

Alfredo estaba que echaba chispas, el Presidente lo llamó y le dio un "estate quieto", le había pedido que en nombre del partido dejara de llamar tanto la atención en el tema de las importaciones que otra vez volvía a la palestra.

Víctima de un "chichón" como solía decir Tulio, Alfredo regó su café por todo el escritorio. Cuando su amigo entró al despacho el diputado estaba nadando entre papeles mojados de café.

—¡Qué barbaridad! No te puedo dejar ni una semana solo. Mira como te pusiste la camisa. Dámela para lavártela.

Justo en el momento en que Tulio le quitaba su camisa *Christian Dior* a Alfredo, la Diputada pechugona, que se volvía loca por él, los sorprendió en la faena de quitarse las mancuernillas con el resto de la camisa sobre la cabeza de Alfredo. Allí terminaron sus dudas, a Alfredito se le moja la canoa.

Alfredo y Tulio atareados con las mangas de la camisa, poca importancia le dieron a su muy fémina colega y buscaron la manera de esquivarla para hablar en secreto de lo que realmente les importaba.

El asistente le había prometido a su jefe que no volvería hasta no tener noticias de Maga. La diputada se fue en carrera para el primer piso del edificio viejo a contarles a otros colegas que tras caerle de sorpresa a Alfredo lo había encontrado chingo en manos de su asistente, para todos, reconocido maricón.

Con la misma camisa decidió Alfredo limpiar la empapasón del escritorio, para no perder tiempo. Tulio le diría de una vez por todas dónde estaba la mujer a la que había jurado olvidar. De una bolsa blanca enorme sacó Tulio una camisetita de vaquero a cuadros y se la dio sin decir palabra a Alfredo. Éste la agarró con gesto desesperado y le hizo ver que era demasiado pequeña para ponérsela. Sacó entonces Tulio otra pieza de la bolsa, un enterizo rojo con la cara de Elmo bordada al frente y Alfredo seguía sin entender. Fue hasta que Tulio sacó unos diminutos zapatos blancos dentro de una caja transparente de plástico que su amigo descubrió la razón por la cual le daban ropa de bebé con marcas de cartón multicolor. Esta vez no se le pudo escapar la ciencia.

Tulio salió en carrera hasta el carro para traerle la camisa que siempre andaba guindando para este tipo de emergencias. Recostado sobre su sillón Alfredito miraba las costuras de la pequeña camisa vaquera comparándola con una que tuvo cuando pequeño y era su preferida para ir a los topes con su padre.

Magdalena se despertó tendida sobre su cama gracias al ruido provocado por la vecina, quien le tocaba escandalosamente la puerta de la cocina, las ventanas y hasta las latas del baño. Se levantó y aunque había dormido más de dos horas estaba cansada, exhausta. Así se sentía desde que empezaron los achaques, con ganas de dormir todo el día.

No era extraño para las mujeres de La Carpio u otros precarios desmayarse durante el embarazo, sus débiles cuerpos no ingerían ningún complejo vitamínico, calcio o ácido fólico que tanto recetan los médicos a las mujeres. Y aunque la dieta incluía frijoles y arroz, había carencia de elementos básicos para el organismo que las hacían desvanecer.

En el caso de Magdalena la cosa se complicaba, pues ni siquiera estaba asegurada y cuando iba al EBAIS la dejaban de última por no tener ninguno de los papeles del Seguro Social.

En dos horas la vecina le había contado a medio barrio que a Magdalena la visitó un ángel. Por si fuera poco organizó un rezo para la criatura. Había invitado a todos los vecinos de la cuadra a la ceremonia que ofrecería en honor del que ella consideraba era un redentor. Justamente venía hasta el rancho de Magdalena a pedirle dinero para comprar galletas y café, los cuales repartiría por la noche.

Aturdida con la conversación de aquella mujer que no paraba de hablar maravillas por la visión angelical que tuvo la oportunidad de presenciar, Magdalena sacó de su bolso algunas monedas y billetes arrollados, se los entregó y salió rápidamente hacia la parada. Iba tardísimo para el trabajo en Cartago.

***

LOS MILAGROS

Esa misma tarde los milagros comenzaron a suceder. Tal y como lo advirtió la loca, el hijo de la Maga traería el pan debajo del sobaco para toda La Carpio. Por órdenes de no se sabe quién, la policía antinarcóticos hizo un gigantesco operativo y se llevaron a más de un maleante. Intervinieron bunquers, atraparon a Pendejo, Pico é Lora, al Chino… y hasta al tal Aguacate que había dejado preñada a una chiquilla que vivía por la pulpería, la misma que pegaba gritos como si le hubiesen matado al güila que llevaba dentro cuando se lo llevaron en la patrulla.

Al parecer durante el operativo incautaron armas, pertrechos militares, pitillos de marihuana, piedras y quién sabe cuántas cochinadas más.

Cuando Magdalena regresó esa noche, poco después de las siete, su casa estaba repleta de candelas y flores para el Redentor. Cada una de las subsecuentes noches fueron vigilias permanentes. Cada una de las oraciones fue respondida a criterio de los presentes. Resulta que un día por la mañana aparecieron arquitectos tomándole medidas a las calles del barrio. Sin que ninguno de los miembros de la Asociación Pro Mejoras del Precario La Carpio lo solicitase a los representantes del poder local, aparecieron unos maquinones enormes como a las cinco de la mañana y asfaltaron más de 2 kilómetros de calles y hasta callejuelas.

Las ofrendas seguían depositándose hasta en los ranchos vecinos al de Magdalena, quien evitaba al máximo conversar con las vecinas, que le indicaban al resto de los devotos que su silencio correspondía a una especie de promesa para que el divino niño naciera en completa paz.

Dejaba a sus hermanitos en el bus escolar y luego se perdía hasta la noche. Pasaba todo el día cociendo bolsos de cuero y para qué negarlo, pensando en el último día que estuvo con Alfredo.

Los milagros siguieron. La escuelita que nadie volvía a ver y que rebasaba su capacidad, de pronto tuvo un par de nuevas aulas y hasta un enorme Play Ground. Con la ampliación de la escuela vinieron planes de becas, de esos mismos que dan en campaña electoral, el EBAIS de La Carpio firmó un convenio nada más y nada menos que con el Hospital Cima, para que todas las muchachas embarazadas pudieran ser atendidas en sus instalaciones. Por supuesto, que Magdalena fue una de ellas. Cabe destacar que más de una se quiso embarazar esos días.

Todo entretejido por una mano divina. Las oraciones eran incesantes, es maravilloso rezar y recibir respuesta a las súplicas. Habían pasado más de cuatro meses y los cambios eran notorios: cerraron cantinas, salas de pool, la policía iba y venía a cada rato, con decirles que hasta pintaron con cal alrededor de los troncos de árboles en la vía pública.

La Carpio estaba cambiando, los niños sonreían más, pues en el CEN-CINAI les daban comidita por las mañanas, al medio día y en la tarde. Podían ver carne en sus platos como nunca antes. Para muchos de los chiquillos fue difícil ver tanto majar, no querían comer.

Una de las asociaciones de vivienda que presidía un tal Fernandiño recibió una donación de un gobierno en Europa para construir más de 200 casas en los lotes que alguna vez fueron invasiones. Extrañamente para los miembros de la asociación y en especial para Fernandiño, el proyecto estaba destinado a personas con nombres y apellidos. Entre los tantos figuraba el de Magdalena Báez de la Guardia. Otros de los miembros de la asociación también se molestaron, pues tanto en la noticias de Extra TV 42 como en el propio Diario Extra, les hicieron más caso a un puñado de viejas locas que juraban que nacería un redentor, que a ellos por la información de las nuevas casas que regalaron.

La oficina de Alfredo llena de papeles como siempre, fue pintada de colores más llamativos, le pusieron verde perico en una pared, amarillo en otra y naranja en la recepción. El diputado Jiménez, para el resto de los congresistas se había declarado del otro equipo, colocándole aquellos colores a su despacho. Con sutiles chinitas le decían que su oficina parecía una piñata de Dora la Exploradora, otra diputada lo imitó y pintó con colores parecidos su oficina, pues le parecieron muy llamativos y explosivos.

La idea de decorarlo fue a decir verdad del tío Tulio, quien dirigió cada detalle de la remodelación. Alfredo recibía muchas visitas en su despacho y había que atenderlas de la mejor manera, buscando siempre que se sintieran a gusto.

Por el despacho del diputado Jiménez pasaron ministros, agregados y cónsules, embajadores, concejales de distrito, miembros de asociaciones de desarrollo y otros tantos que se sorprendieron por el arduo interés que tenía el diputado por sacar adelante las zonas urbano marginales de Pavas y La Uruca. Alfredo aprovechó todas sus amistades en Europa y el país para conseguir fondos que le permitieran transformar los tugurios en hogares dignos. Era la primera vez que un diputado pedía ayuda para sus electores y no electores sin el interés de un porcentaje que cubriera una eventual campaña.

Con cierta franqueza el diputado más bien dejaba mucho en manos de su asistente y pese a conseguir monstruosa infraestructura dejaba que fuera Tulio quien cortara las cintas o quebrara las botellas de champaña.

El diputado Jiménez no olvidaba que los medios de comunicación lo habían ofrendado como posible candidato presidencial. Pero igual sabía que los mismos podían hundirlo si se daban cuenta de que en algunos casos tuvo que pasar dinero por debajo para que las obras en La Carpio se dieran. Para el resto de los políticos, Jiménez estaba sentando su plataforma de gobierno a partir de las bases obreras y si quería ayuda tenía que "soltar el güevo", "darles una mordida".

El padre de Alfredo no escatimaba firmarle millonarios cheques, pues al igual que el resto de los colegas de su hijo sabía que tanto altruismo le concedería en el futuro votos, votos y más votos. Sin embargo, le preocupaba que Alfredo invirtiera tanto en La Carpio y descuidara otros barrios de su misma jurisdicción electoral como El Bajo de los Ledesma, una parte de Pavas o la León XIII donde también había muchos votantes.

$$***$$

UN PRIMITO TORPEDO

En una ambulancia llevaron a tía hasta el hospital de Cartago para que diera a luz. Magdalena estaba nerviosísima y decidió acompañarla en el mismo carro de la Cruz Roja de Paraíso. Tía reventó fuente en el camino, justo cuando pasaban por la Basílica de los Ángeles. Fue la misma Magdalena la que insistió a los dos primerizos paramédicos que le quitaran los calzones a su tía, pues el bebé ya estaría asomando la cabeza.

Los cruzrojistas que no eran precisamente parteros, le sacaron los calzones y le sostuvieron las piernas a aquella mujer que dio a luz a eso de las tres de la tarde camino al hospital con la ayuda de Magdalena, a la que no le importó la sangre o el reguero que produjo el líquido amniótico del cuerpo de tía sobre todo el piso del carro.

El bebé salió disparado del cuerpo de tía repleto de sangre hasta los brazos de Magdalena. En una parada del vehículo y con la ayuda del otro joven que la auxiliaba se quitó la suéter que llevaba y envolvió al bebé poniéndolo sobre el pecho de su madre.

Dicen que los recién nacidos no pueden ver, o al menos no en colores, a Magdalena le sorprendió que el pequeño no dejara de observarla e incluso la siguiera con su mirada. Pero lo más sorprendente fue cuando la criatura de manos diminutas tocó su vientre y sintió que un calor recorrió todo su cuerpo, acompañado de una pataleta de su propio bebé.

Al llegar a emergencias del Max Peralta de Cartago, los médicos les auxiliaron y se llevaron a la madre y al niño a una sala que quedaba después de un par de grandes compuertas de vidrio, madera y metal.

A Magdalena llena de sangre le prestaron una bata de hospital, se lavó y así se fue para su casa pues no dejaron que viera a tía hasta el día siguiente. Durante el viaje de vuelta le agradecía a Dios por permitirle tener el honor de recibir esa criatura y también agradecía que en el CIMA le habían dicho que con el más mínimo centímetro de dilatación se fuera en carrera para el Hospital.

Ella no pasaría por una escena como la vivida esa tarde.

***

DE UNA MUERTE Y NACIMIENTOS

Todas las muchachas embarazadas de La Carpio que hubiesen concebido entre febrero y mayo de aquel año fueron seleccionadas por el EBAIS para el convenio con el CIMA. Entre las tantas iniciativas se efectuó un estudio exhaustivo sobre las carencias fisiológicas de las ticas y nicas que viven en una zona urbano marginal. Además de que todas tenían problemas estomacales por los bichos o parásitos, muchas presentaron problemas adicionales de anemia, desnutrición o lo contrario; peso excesivo, colesterol alto, hipertensión y varias con problemas de la glándula tiroides que tras el embarazo las hincharía. Diez casos preocupaban en particular, eran los de unas niñas de entre 14 y 18 años cuyos fetos mostraban serios problemas. Una de ellas fue golpeada repetidamente y esto complicaría el parto; en otras los bebés mostraban serios problemas de tipo cromosómico, o sea que la criatura nacería con algún síndrome o deficiencia motora. La más joven de todas tenía VIH y se sospechaba que ya lo había pasado al feto.

Llamó la atención de los investigadores del Hospital que tres de las muchachas que se registraron como madres solteras tenían algo en común. Los tres bebés eran del mismo padre biológico… y aunque se les preguntó repetidas veces cuál era el nombre del padre ninguna pudo decir más que su apodo "Aguacate".

Un día de tantos la barra de Aguacate solo vio cómo los "yutos" (así llamaban a la policía) se lo llevaron y nunca más lo volvieron a ver. Los más allegados temían preguntar por él en el Organismo de Investigación Judicial o si quiera poner una denuncia por su desaparición. Sabían que con las chanchadas que hizo lo tendrían en el bote o lo habrían echado a nadar en alguna catarata del Zurquí. A estas alturas sus secuaces no recordaban siquiera si fueron "yutos" o miembros de alguna otra pandilla los que se lo echaron.

En noviembre Fernandiño acompañó a la chiquilla de sus amores hasta el CIMA. Le dijo que lamentaba cómo Aguacate la había dejado tirada y le prometió que si ella le correspondía, le daría su apellido al bebé y a ese muchacho lo vería como a su propio hijo. A Fernandiño le habían dado casa nueva por meterse en los enredos de la asociación. La chiquilla no era tonta y aunque ansiaba el regreso de Aguacate aceptó la propuesta de Fernando.

Ese mismo día poco después de las once de la noche, su chiquilla dio a luz y ahí mismo le compuso una canción:

Me diste el tesoro más grande
una luz que ilumina mi vida
por la que no duermo de noche
y respiro de día.

Al barrio llegaron con su nuevo bebé al día siguiente, justo en medio de la vigilia. Fernandiño nunca se involucró con aquel montón de viejas locas, pero cuando vio a todos los vecinos orando en silencio pensó que era oportuno dar gracias a Dios por su chiquilla y la nueva criatura. Además, el rancho de la asociación ahora se veía muy diferente, estaba en plena remodelación. Estaba siendo administrado por una nueva miembra de la asociación, quería pasar a saludarla y de paso contarles a todos que había nacido el bebé de su chiquilla.

Se fue haciendo campo entre la gente que se amontonaba en la entradita, la sala, la cocina… en todo lado se amontonaban. Era el único de pie y pudo colarse entre las espaldas de gente arrodillada, en uno que otro momento tuvo que sostenerse de uno u otro hombro para llegar hasta el cuarto donde esperaba poder ver a la mujer.

Un equipo de noticias filmaba desde adentro del cuarto las oraciones y a su vez otro camarógrafo entrevistaba a los vecinos sobre los milagros.

***

TREPANDO EL CALVARIO

Brígida llamó a Alfredito para contarle que su padre sufrió una recaída y tuvo que enviarlo directo al Hospital. El viejo era duro de pelar, tanto fumar le bajaba la presión y lo hacía toser botando escupitajos amarillos y cafés. Ninguna enfermedad le quitaría el gusto de un buen habano y juraba que se preservaría en güisqui. Aún así la ambulancia privada se lo llevó directo al CIMA donde su esposa lo tuvo que ir a ver. A él le parecía simpático que la mujer con la que se había casado lo viera más adentro de los hospitales que en la propia casa.

En el hospital aparecieron Alfredito y su amigo Tulio preocupados por la salud del Don. El doctor que lo atendió llamó aparte al diputado Jiménez y le contó que su padre tenía un cáncer pulmonar avanzado. Para el primogénito de Don Alfredo aquello parecía imposible, pues la última vez que su padre fue hospitalizado estaba enfermo de otra cosa. El médico le dijo a Jiménez que el problema no era la enfermedad que podría matarlo algún día, sino que el viejo se estaba dejando morir. Al parecer le había contado al médico sobre su desgano por la vida cuando se dio cuenta de que su mujer le ponía los cuernos por el mundo entero y que para peores su hijo era un maricón.

Cuando el hijo llegó a la habitación se encontró a su padre con una mascarilla de oxígeno y cara de angustia. Brígida lloraba a su lado sin poder detener la segregación nasal, ¡cómo amaba esa mujer a su padre!

El diputado Jiménez le quitó la mascarilla y le dijo con fuerza:

"PAPÁ, NO SOY MARICÓN". El padre suspiró y cerró los ojos descansando largo y tendido por un par de días.

A la salida de Don Alfredo del hospital llegaron Tulio, Alfredito y su hermanita menor quienes lo esperaban en el lobby del hotel, perdón, del hospital.

Al mismo lugar y remolcada con una silla de ruedas por decenas de seguidoras llegó Magdalena, quien lucía un vestido maternal blanco bordado por una de las vecinas que nunca se perdía las vigilias ni noches de oración. La hermana de Alfredito como era lógico, estaba confundidísima, no podía entender quién habría dejado entrar a toda esa gentuza en el finísimo hospital al cual su padre tuvo que acudir y lo que es peor, saludando a las enfermeras y médicos como Pedro por su casa. Nadie supo explicarle bien quién era la dama de blanco, hasta que un negrillo que pasó con un palo de piso chorreando a gotas le informó que la mujer de la silla de ruedas tendría un bebé redentor.

Alfredo se quedó pasmado, blanco como un papel oyendo a su hermana refunfuñar sin ponerle siquiera cuidado a lo que decía. Aquella mujer con la panza inflamada, apunto de reventar por el embarazo lucía angelical. Aún cuando su cara se ensanchó a Alfredo le pareció bellísima. Miraba directo a sus ojos, pues desde ellos salía una luz que a su parecer resplandecía. Ante la perplejidad de Alfredo y el disgusto de su hermana salió como alma que llevaba el diantre su amigo Tulio, quien como uniéndose a una procesión siguió al séquito de señoras por el pasillo.

Extrañada la señorita Jiménez le preguntó a su hermano, todavía impactado por la presencia de Magdalena, ¿por qué Tulio saldría disparado detrás de las doñitas?... y éste solo acató a decirle:

—Probablemente Tulio vio un ángel.

El padre de Alfredo apareció poco después también en una silla de ruedas alegrándose de que al menos por una vez en su vida, Tulito no acompañara a su hijo. El viejo se puso de pie sin ayuda y se fue para el carro de su hija que se encontraba parqueado en la puerta principal del hospital. Alfredo se excusó diciendo que su vehículo estaba parqueado en el sótano y se despidió de su padre con un fuerte beso en la mejilla.

No tardó en avanzar el vehículo de su hermana cuando empezó a correr por los pasillos buscando las salas de maternidad. Una, dos, tres enfermeras lo fueron guiando entre los pisos hasta encontrarse con Tulio que caminaba de un lado a otro nerviosamente.

Una periodista que se encontraba cubriendo la historia del Redentor de La Carpio se sorprendió de ver al diputado llegar abruptamente. Sabía de lo que eran capaces los políticos por ganar adeptos pero aquello era el colmo.

Alfredo como era lógico estaba muy nervioso y le solicitó a los médicos que le permitieran estar en la sala de parto junto a aquella mujer. Para el obstetra aquello era inusual y debía incluso preguntarle a ella si estaba dispuesta a que el diputado entrara.

La negociación fue muy difícil pues en la sala de parto había otro par de señoras amigas de la embarazada que se negaban a dejarla sola. Pero Magdalena al escuchar de voz del doctor el nombre de Alfredo accedió de inmediato, no podía negarle al hombre que amaba estar presente en el nacimiento de su hijo.

Corrieron un par de enfermeras y el doctor entró a la sala, pues Magdalena que sujetaba fuertemente la mano de Alfredo había dilatado lo suficiente como para iniciar la labor de parto. La periodista le hizo señas a la redacción y de inmediato le enviaron un camarógrafo y fotógrafo. Era el nacimiento de un redentor asistido por un político con aspiraciones presidenciales.

Al salir del parto le preguntaría, ¿cómo se enteró? ¿La conocía desde antes? ¿Usted cree realmente que este niño es un redentor?... Eran innumerables las preguntas que tenía que hacerle al diputado.

Las señoras apenas llegaron las cámaras comenzaron a dar

declaraciones:

—Sí mire, yo la conozco desde que estaba chiquita y esa muchacha es una Santa.

—Se echó encima la responsabilidad de la casa.

—Yo vi cuando el ángel la visitó y se la llevó levitando.

—A mí me sanó de una enfermedad que tenía con sólo tocarle la panza.

Con una antena de microonda la noticia salía en vivo para todo el país con retransmisión en el extranjero. Las agencias de noticias internacionales llamaban al hospital, a las redacciones de noticias para pedir tomas o imágenes de apoyo sobre el acontecimiento.

Un canal de noticias hacía una nota periodística sobre las apariciones de Fátima y la relación directa que podría tener este nacimiento con las revelaciones o profecías de la virgen.

—A ella nunca le conocí un hombre.

—La pobre se quedó huérfana desde muy chiquilla y solita levantó el ranchito donde vivía.

—Yo le pedí sinceramente que desapareciera a los pintas del barrio y el Redentor me hizo el milagro. Tanto que le concedió un buen marido a mi hija que la dejó tirada un maleante de esos.

—A mí me quitó las hemorroides…

La Carpio estaba de fiesta, todos hablaban de lo mismo. En la pulpería miraban al televisor con las noticias del Redentor a la espera de que su joven vecina diera a luz.

Ya todas las emisoras y televisoras estaban presentes, llegaron curiosos, fanáticos y hasta protestantes que aprovechaban los micrófonos para dar mensajes de paz a los medios e invitar a los fieles a sus celebraciones eclesiásticas.

Más de uno se ofreció para ser el padre adoptivo de la criatura y otras tantas empresas privadas para financiarle los estudios

al pequeño redentor. El niño debía tener beca de por vida en La Latina, otros insistían que debía estudiar en la UCR y otros tantos planeaban que por ser hijo de Dios debía seguir los caminos seminaristas.

—Hemos visto cambios significativos en estos tiempos. Esto fue advertido por los mayas. Inicia la era de Acuario.

En el episcopado nombraban acaloradamente un representante que chequeara si efectivamente el niño era hijo de Dios o un simple profeta. De por sí, deberían pasar algunos años antes de poder darle algún título. Hasta el presidente tomaba partido y llamaba a la calma, era lógico que un redentor naciera en Costa Rica, un país que siempre abogó por la paz.

Una organización indígena hablaba de cómo se perdió la naturalidad y el contacto en el parto, cómo los guantes y aparatos del obstetra creaban una atmósfera hostil para la madre y el bebé, ellos querían que una partera auxiliara el nacimiento.

Magdalena empezó a pujar. Una de las enfermeras llevaba y traía información a la prensa que esperaba el nacimiento tomando café y charlando entre ellos de sus hazañas de otras ocasiones. Las señoras que lograron colarse a la sala de espera rezaban incesantemente.

Enfermera: El niño asomó la cabeza.
Reportera: Asomó la cabeza.
Estudio :   Sí amigos, el niño asomó su cabeza.

Enfermera: Ya salió.
Reportera: Sí ya salió, adelante compañeros "ya salió".
Estudio: Costarricenses, el niño, el Redentor nació.

Magdalena pujaba como loca y le retorcía los dedos a Alfredo que estaba apunto de desmayarse, los labios se le comenzaron a poner morados y sudaba frío. El pequeño cuerpecito salió lentamente con la ayuda del obstetra. Alfredo no hallaba qué hacer, si reír o llorar, si saltar o quedarse petrificado al lado de su amada.

El obstetra verificó que el bebé estuviera bien, volvió a ver a Magdalena y la felicitó

Doctor: Es una hermosa niña.
Enfermera: Es…una….niña.
Reportera: ¿Una niña?
Estudio: Verifique compañera, ¿acaso dijo usted una niña?
Reportera: Efectivamente compañeros "es una niña".

Nadie lo podía creer, el Redentor, el niño esperado por todos era una niña. El país entero paralizado escuchaba la noticia. La gente frente a las tiendas escuchaba los comentarios de los periodistas, algo le falló a la virgencita, una niña no podía ser.

Cuando Alfredo y Magdalena salieron de la sala, después de que le hicieran algunas puntadas en el área del perineo a la mujer, paparazzis improvisados y camarógrafos atrevidos los fotografiaron. Un equipo de noticias entrevistaba desde La Carpio a otro de los vecinos que conocía muy bien el barrio y todos sus movimientos, era miembro de una Asociación Pro Vivienda.

—Yo la conozco, yo la conozco...
—Sí señor, sabemos que la conoce, todo el mundo la conoce.
—No, no, yo la conozco de otro lado… yo estaba orinando en…

Los medios de comunicación enlazados como una cadena de televisión le cayeron encima a aquel hombre apodado Fernandiño, quien contó que el diputado Jiménez y la mujer que todos llamaban una virgen no eran más que un par de mercaderes de la carne. Una prostituta y su amigo político que se encontraban en un hotel capitalino.

—Yo los vi, sí señor, yo los vi.

La noticia recorrió los corredores legislativos y hasta llegó a la misma casa presidencial donde el Ministro de Información, por medio de un comunicado de prensa, solicitó la destitución inmediata del diputado Jiménez por faltas a la moral.

La imagen pública del diputado estaba por los suelos, toda su carrera política era un fiasco desde ese momento. En un santiamén había perdido todo lo que la prensa pudo construirle en poco menos de un año de carrera política.

Solamente un hombre pegaba brincos y saltos frente a su televisor. Don Alfredo fumaba un habano tipo Churchil para festejar que era abuelo, el abuelo de una redentora o lo que fuera…

***

EL DESTIERRO

La familia logró sacarlos del país, vivían ahora en Toronto, Canadá. El abuelo los visitaba de seguido y le encantaba tomarse un cafecito al lado de su nieta. Alejados del qué dirán, la familia Jiménez iniciaba una nueva vida desapareciendo de la opinión pública pues entraron al país del norte clamantes de refugio.

Las noticias en su contra comenzaban a cesar, pero cada vez que alguien se hacía pasar por profeta, salía a relucir el sonado caso de Sacarías, el 666 del Anticristo o el Cristo de La Carpio…

Querida tía:

Cuéntale a mi hermoso sobrino que su primita Angelita tiene 6 años y acaba de entrar a la escuela. Ahora mismo está jugando en el jardín donde le compramos un arenero en forma de tortuga gigante.

Hace un rato Alfredo la vio convirtiendo unas piedritas en flores y de las flores salían palomitas y Blue Bird's, por favor, no se lo cuentes a nadie.

Magdalena

FIN

Editorial Eva se desvive por su comunidad lectora, por lo que estaremos a la espera de tus comentarios, sugerencias, entre otros.

email: editorialevapap@gmail.com

Editorial Eva
Las hermanas Argueta
(L.H.A.)
Heredia,
Costa Rica.

www.ingramcontent.com/pod-product-compliance
Lightning Source LLC
Chambersburg PA
CBHW020751160726
47993CB00006B/2715